엄마가 있지

시 읽는 어린이 154

엄마가 있지

2024년 10월 25일 1판 1쇄 인쇄 / 2024년 10월 31일 1판 1쇄 발행

지은이 백두현 / 펴낸이 임은주
펴낸곳 청개구리 / 출판등록 2003년 10월 1일 제2023-000033호
주소 (12284) 경기도 남양주시 다산지금로 202 (현대 테라타워 DIMC) B동 3층 17호
전화 031) 560-9810 / 팩스 031) 560-9811
전자우편 treefrog2003@hanmail.net
네이버블로그 청개구리출판사
인스타그램 treefrog_books

북디자인 서강 / 일러스트 민재회
출력 우일프린테크 / 인쇄 하정문화사 / 제책 상지사P&B

Birds have mothers

Written by Back Duhyun. Illustrations by Min Jaehoi.
Text Copyright ⓒ 2024 Back Duhyun. Illustrations Copyright ⓒ 2024 Min Jaehoi.
All rights reserved.
First published in Korea in 2024 by CHEONGGAEGURI Publishing Co.
Printed in Korea.

ISBN 979-11-6252-136-6 (74810)
ISBN 978-89-97335-21-3 (세트)

● KC마크는 공통안전기준에 적합하였음을 의미합니다.
● 이 책은 친환경 재생용지를 사용해 제작하였습니다.

충청북도 CHUNGCHEONGBUK-DO
충북문화재단 Chungbuk Cultural Foundation
이 책은 충청북도, 충북문화재단의 후원을 받아
예술창작활동지원사업의 일환으로 발간되었습니다.

엄마가 있지

백두현 동시집 ● 민재회 그림

청개구리

나무와 목수

100년을 자란 나무를 베어 집을 짓는 목수는 100년간 끄떡없게 지을 각오라야 한다. 새로 나무가 자라려면 또 다시 100년을 기다려야 하기 때문이다. 같은 이유로 50년을 지탱하는 집을 지을 생각이라면 50년 자란 나무를 베어 사용해야 마땅하다. 100년 된 나무를 베어 50년을 지탱할 집을 반복해서 짓는다면 어느 순간에 산도 망가지고 집도 망가지고 온갖 균형이 무너져 엉망이 될 것이라 그렇다.

머릿속에 지어지는 사람의 의식 또한 다르지 않다. 아무런 각오나 계획 없이 지어진다면 나무는 나무대로 목수는 목수대로 각자 헝클어져 엇나가기 십상이다. 서로가 서로를 탓하기 전에 나무는 산에서 목수는 건축 현장에서 서로를 잡아 주는 마음이 긴요하다. 나무는 더 잘 자라 더 좋은 집에 소용되고 목수 역시 잘 자란 나무로 더 좋은 집이 지어지도록 나무는 목수에게 목수는 나무에게 서로가 서로에게 받침목이어야 한다.

그런 의미에서 자라나는 어린이는 산의 나무와 같다. 또한 동시를 쓰는 일은 그 나무가 잘 쓰이도록 집을 짓은 일이다. 잘 지어지는 집이야말로 나무가 더 잘 자라도록 북을 돋는 행위 아닐까. 100년을 자란 나무가 다시 100년의 집에 소용되도록 꿈을 심고 가꿔야 한다. 부디 나의 동시가 장차 100년에 이르도록 온갖 나무들에게 힘이 되는 밑거름이면 좋겠다. 그래서 다시 그 나무들로 하여금 세상 어디라도 지어지는 수많은 집들을 묵묵히 괴고 있는 기둥이길 바란다.

2024년 어느 가을 날
제천에서 동시를 쓰는

백두현

차례

1부 더 깊은 뜻

3부 또 하나의 책상

4부 촌지

1부

더 깊은 뜻

격리 위반

일곱 살 은지가
코로나19에 감염되었다.

출근하셔야 하는 아빠는
회사 기숙사에서 자고

오빠는
이모 집으로 갔다.

엄마만 남아
은지를 꼭 껴안고 잤다.

막둥이의 주장

누나는 엄마와 같이
17년이나 살았다.

형아도 엄마와
14년을 살았다.

나는 10년밖에 같이 못 살았는데
분하게도 남은 기간은
우리 셋이 똑같다.

당연히 엄마의 남은 사랑은
내가 가장 많이 받아야 한다.

아버지의 겸손

아버지가 땀 흘려 키운
옥수수를 팔아

큰 누나 등록금을 내고
형아 학원비도 내고
내 자전거도 샀다.

분명 아버지가
옥수수를 키웠는데

아버지는
옥수수가 너희를
키웠다고 하신다.

더 깊은 뜻

뚝. 딱!
대문도 바꾸고

톡. 툭!
식당도 바꾸고

영훈 형네
집수리가 한창인데

영훈 형 아버지는
왼쪽만 닳아 얇아진 문고리는
그대로 두셨다.

왼손잡이였던
할머니의 흔적이라면서.

분노의 쇼핑

부부싸움을 한 엄마

백화점에 가서
양손이 모자라도록
쇼핑하셨다.

내 점퍼와
형 운동화
누나 블라우스
그리고
아빠 티셔츠

엄마 것은
없다.

엄마가 있지

새들은 새끼일 적부터
물고기를 먹을 때
머리부터 삼킨다.

꼬리부터 삼키면
지느러미가 목에 걸리니까.

어떻게 알았을까?

아, 참!
새들도 엄마가 있지.

살을 빼는 이유

민식이네 가족은
민식이만 빼고
모두
집 앞 헬스클럽에 다닌다.

벌써 석 달째지만
하루도 빠지는 사람이 없다.

지나가던 이웃들이
예뻐지려다 몸 상한다며
쉬엄쉬엄 하라지만
못들은 척 온 식구가
경쟁적으로 운동을 한다.

각자 최대한 살을 더 많이 뺀 후
간이 아픈
민식이 아버지에게
서로 먼저
이식 수술을 해 주고 싶어서.

가족의 힘

응원 메시지를 보내려고
카카오톡 그룹 채팅 방에 가족이 모두 모였다.

카톡!
아빠가 먼저 엿 사진을 보냈다.
—우리 딸, 시험에 척 붙어야 해!

카톡!
엄마는 포크 사진을 보냈다.
—잘 찍어!

카톡!
형아는 감 사진을 보냈다.
—누나, 감 잘 잡아!

나도 생각 끝에 곰 캐릭터를 보냈다.
—누나! 곰곰이 생각해서 잘 풀어!

수학 능력 시험

수학능력시험 치르는 누나

분명 다섯 배는 더 점수 잘 나올 거다.

세상에서 제일 맛있는 반찬

나는 제육볶음이
세상에서 제일 맛있다.

아버지는 동태국이
세상에서 제일 맛있다.

둘 다
엄마가 만들었다.

엄마의 변심

처음 아빠가 설거지하셨을 때는

—여보, 내가 설거지 할까?
—어머, 고마워요!

요즘 아빠가 설거지하실 때는

—여보, 내가 설거지 할까?
—아니 그럼, 내가 해요?

차를 센다

외할머니가 거실 베란다에 앉아
매일 지나가는 자동차를 센다.

스물, 스물하나, 스물둘……
다시 하나, 둘, 셋……

마흔, 마흔하나, 마흔둘……
다시 하나, 둘, 셋……

한 번도 백까지 세지 못했다

하지만 나는
몇까지 세었는지 여쭈어 본다.

요즘 힘이 들어 잘 걷지 못하는 외할머니
다시 지나가는 차를 센다.

2부

그리운 할배

마음에도 없는 말

할아버지 전동 휠체어가
옆으로 넘어졌다.

할아버지는
누군가 일을 마치고 돌아올 때까지
기다리기만 하셨다.

햇볕이 점점 뜨거워지자
아빠에게 전화를 거셨다.

"내가 사고가 났네."
"무슨 일이신데요, 아버지."
"전동 휠체어가 살짝 넘어졌어. 바쁘면 천천히 와."

할아버지의 빤한 거짓말에
아빠는 놀라 달려오면서
울먹이셨다.

"얼른 전화하시지……"

아낌없이 주는 나무

갈수록 말라 고목이 되어 가는
고로쇠나무를 바라보며

—아무래도 고로쇠 수액을 너무 많이 뽑아낸 것 같아!

미안해하는 아빠의 뒷모습이
고로쇠나무를 똑 닮았다.

바뀐 걱정

떡볶이 먹고
삼겹살 파티를 하거나
치킨과 피자를 시켜 먹을 때

빠짐없이 나는
찰칵!
사진을 찍어
전송한다.

수술 받고
누워 계시면서도

나를 볼 때마다
밥은?
밥은?
하고
걱정하는 할머니께.

얼른

같이 먹었으면

좋겠다는 말과 함께.

다른 한숨

─할머니 집 주소 아세요?
사회복지사가 질문했다.

─제천시 하소동 288-5
할머니는 정신을 집중해 또렷하게 대답했다.

'무료 돌봄 서비스 받아야 하는데······.'
직장에 다니는 영식이 어머니
'휴우!' 한숨을 쉬었다.

'가족들을 보지 못하게 되면 어쩌지.'
집을 떠나게 될까 봐
할머니도 '휴우!'
더 크게 한숨을 쉬었다.

그리운 할배

영월에서 유명하다는 중국집을
아빠와 찾아갔다.

그 주소에는 할머니 한 분이
작은 슈퍼를 운영하고 계셨다.

—뭘 찾으셔?
—짜장면 맛집을 찾아왔는데……. 이사 갔나요?
—우리 집 양반과 내가 같이 했는데 혼자 먼 길 떠났어. 면
뽑을 때 자꾸 할배 생각나서……. 이 자리라도 지키고 싶어
슈퍼로 바꾼 거야.

—이렇게 찾아왔는데 미안해서 어째.
—이렇게 찾아와서 저희가 죄송합니다.
—생각나게 해 줘서 고맙지 뭐.
—생각나게 해 드려 정말로 죄송합니다.

두 분은 서로 미안하다면서
아빠는 과자를 한 아름 사셨고
할머니는 1 + 1이라며 하나씩 더 주셨다.

삼촌의 옷가게

삼촌 옷가게 한쪽에는
오이
가지
호박……
할아버지 농장에서 수확한
농산물 판매대가 있다.

단골손님들이 올 때마다
하나씩 채소를 가져간다.

"벌써 다 팔았네."
할아버지가 좋아하시지만

사실은 팔리지 않아
삼촌이
다 산 거다.

할머니도 반찬 투정을

혼자 사는 큰아버지 집에 가신 할머니는
큰고모, 작은고모를
번갈아 부르셨다.

요즘 아프셔서 거의 드시지 않지만
이것, 저것
계속 반찬을 해 달라고 하신다.

큰아버지 반찬 없을까 봐
부르시는 것
다 알지만

고모들은
모르는 척
무엇이 드시고 싶은지
할머니께 여쭙는다.

할머니의 핑계

우리 집은 아파트라
편리하고 넓은데

할머니는 늘
큰아빠 집에만 계신다.

아빠가 우리 집으로
오시라고 해도

할머니는 큰아빠 집이
편하다고 하신다.

큰엄마 돌아가셨어도
큰아빠가
밥을 잘 짓는다 하시면서.

바다낚시

아빠와 바다낚시를 갔다.

아빠 낚시대에
커다란 숭어가 잡혔다.

마음씨 좋은 바다가
받아! 하고 내주었다.

내 낚시대에도
우럭이 잡혔다.

받아! 하고
우럭도 내주었다.

피지 못한 마늘 꽃

아기가 엄마 젖을 먹을 때처럼
쪽!
쪽!
마늘종 뽑는 소리가 난다.

땅 속 마늘은
잘 크겠지만

마늘 꽃은 예쁘게 피지 못한다.

같지만 다른 생각

우유를 마시고 나면
한 방울씩 남기는 아들이
엄마 마음에 들지 않았다.

한 방울씩 남은 우유를
마시는 엄마가
아들 마음에도 들지 않았다.

다 마셨으면……
마시지 말았으면……

내리사랑

어미 쭈꾸미는
빈 소라껍질 속에 알을 낳은 뒤
입구를 온몸으로 막아 지킨다.

침입자를 막을 수 있지만
밖으로 나갈 수 없는 배고픈 새끼들은
엄마 살을 먹고 자란다.

—기억하렴!
　오래 전 엄마도 이렇게 컸단다.

3부

또 하나의 책상

들킨 마음

가족 여행 가면서
고속도로에서 차가 밀릴 때
만난 자동차 번호는
나
너
너
나
마치 싸우는 번호 많았는데

도착한 바닷가에는
하
하
허
허
들떠 웃는 번호가 많았다.

오고 가는 차량 번호판에게

루

루

라

라

내 마음 들켰나 보다.

서 있는 책

서점에 갔다.

잘 안 팔리는 책은
책꽂이에
한 권씩 서 있고

잘 팔리는 책은
진열대에
여러 권씩 누워 있다.

서 있어도
좋은 책 많다.

또 하나의 책상

옆집 희철이 형 공부방에는
책상이 두 개다.

희철이 형 책상과
또 하나의 책상

학원에 다니지 않아도
공부 잘하는
희철이 형

과외 받는 줄 알았더니

대학교수이신 아버지
희철이 형 공부할 때마다
옆에서 같이
책을 읽으신다.

휴전선

철조망 때문에
나뉘어 사는 나무들.

```
┌─────────────────────────┐
│       Y          Y       │
│    Y      Y              │
│- - - - - - - - - - - - - │
│          Y          Y    │
│   Y             Y        │
└─────────────────────────┘
```

눈이 왔다.

```
┌─────────────────────────┐
│        V          V      │
│    V          V          │
│          V          V    │
│     V          V         │
└─────────────────────────┘
```

하트 터널

고향 가는 길
플라타너스 가로수

오는 사람 반기며
잎을 흔드는 가지
해마다 길어지더니

―어서 오세요.
―환영합니다.

드디어
맞은편 가지와 맞닿아
커다란 하트 터널을 만들었다.

감나무 말놀이

대문 옆에 있는
감나무를 보며
말놀이하는 우리 가족.

시험 보러 가는 누나는
─오늘 시험
　감 잘 잡아야지.

학교 가는 나를 배웅하는 엄마는
─감기 조심해!

경로당 가는 할머니는
─나이 들수록
　감이 떨어진단 말이야.

마지막으로 아버지는
―올해 따는 감은
　곳감으로 만들어야겠어.

선물

팔 벌린 미루나무
커다란 구름 이고
세상에서 제일 큰
솜사탕이 되었다.

동생을 돌보느라
심심한 내게
엄마의 선물이 배달되었다.

때

벽에 쓴 낙서는
덧칠하면 없어지지만

콘크리트가 마르기 전
긁어 놓은 낙서가 굳으면
지워지지 않는다.

엄마는 나에게
공부라는 게 때를 놓치면
안 된다고 하신다.

나는 아직
굳지 않은 콘크리트.

승호네 집 욕실 풍경

―수압이 약해서 너무 답답해!
승호가 소리 질렀더니
수도꼭지 물줄기가 갑자기 세졌다.

―어랏!
　소리 지르니까 세지네?

―빨리 씻고 나와!
　대신 아빠가 못 나오고 계시잖아.

안방 욕실을 바라보며
엄마가 독촉하셨다.

나무는

봄이 오면
기지개를 켠다.

Y

다음 해 또
기지개를 켠다.

Y

그 다음 해도 계속
기지개를 켠다.

Y

삼촌 최고!

자동차 회사에 다니는 삼촌.

공부도 못 하고
운동도 못 하고
잘하는 게 없어
고민이라는 내게

―자동차 한 대를 만드는 데 3만 개의 부품이 들어간단다.
　그중에서 하나만 없어도 불량품인 거야.

―온 세상에 하나뿐인 우리 조카야!

4부

촌지

촌지

선생님이 산동네 영식이네 집에 가정방문을 갔다. 염소 울음소리가 마중 나오는 영식이네 집.

"지가 먼저 찾아뵀어야 하는디…….."
"갑자기 찾아와서 놀라셨죠?"
"아무리 찾아봐도 촌살림이라 뭘 드릴 게 없슈."
"아이고! 물 한 잔만 주세요."
"가실 때 지가 키우던 염소 한 마리 끌고 가셔유."
"네……?"
"올해 새끼를 많이 낳았어유."
"무슨 말씀이신지?"
"객지에서 고생하시는데 푸욱 고아서 몸보신하셔유."
"어이쿠! 아닙니다. 아닙니다. 마음만 받겠습니다."

두 손 들어 사양하면서 돌아간 선생님.

다음 날, 영식이 아버지는 염소를 끌고 와서 교실 앞 국기 게양대에 매어 놓고 갔다. 아버지가 절대로 염소를 다시 끌고 오면 안 된다고 했다는 영식이. 이미 드린 것이니까 돌려받을 수 없다는 영식이 아버지. 선생님은 고민 끝에 반 아이들과 같이 염소를 키웠다.

　이듬해 봄부터, 염소는 새끼를 낳았고 영식이네 반 친구 여덟 명은 한 명도 빠짐없이 중학교에 갔다.

　뿌얀 흔적을 남기며 멀리 비행기가 지나가면 하늘에는 바로 하늘길이 난다. 큰 비행기가 지나가면 큰 길이 나고 작은 비행기가 지나가면 작을 길이 난다. 큰 길이든 작은 길이든 길이 났으니 그 길을 따라 내일 또 지나가도 되고 모레 또 지나가도 된다. 가다, 가다 지치면 새로운 길을 내면 되고 그때마다 하늘은 매번 아무런 조건 없이 새 길을 허락한다. 때로 같은 길로 때로 다른 길로 날고 싶은 사람들의 욕망을 가득 싣고 세상에서 가장 높은 곳 하늘을 날고 있다.

　뿌웅― 뱃고동 소리를 내며 배가 지나가면 바다에도 바로 바닷길이 난다. 큰 배가 지나가면 큰 길이 나고 작은 배가 지나가면 작은 길이 난다. 바다 역시 큰 길이든 작은 길이든 길이 났으니 그 길을 따라 여객선이 지나가도 되고 화물선이 지나가도 된다. 가다, 가다 무료하면 새로운 길을 내면 되고 그때마다 바다는 사방 어디로든 새 길을 허락한다. 때

로 먼 바다까지 때로 가까운 바다까지 건너야 하는 사람들의 짐을 가득 싣고 세상에서 가장 낮은 곳 바다를 항해한다.

그런데 어쩌면 사람의 마음도 길이 아닐까. 한 사람의 생각은 또 다른 사람에게 말로도 전해지고 글로도 전해지는데 어떤 때는 그때 그 염소처럼 촌지로도 전해진다. 그러면 사람에서 사람으로도 길이 나게 된다. 큰 생각이 전해지면 큰 길이 나고 작은 생각이 전해지면 작은 길이 난다. 이 역시 큰 길이든 작은 길이든 길이 한번 나면 그 길을 따라 이웃 사람도 지나가고 다음 세대도 지나간다. 가다, 가다 아니다 싶으면 또 새로운 길을 내면 되고 그때마다 사람들은 새 길을 허락한다. 가장 높은 생각으로, 가장 낮은 마음으로 사람들은 각자의 길을 만들고 이웃에게 늘 다가가게 된다.

그날 염소가 만든 길은 결코 작은 길이 아니다. 어쩌면 여러 사람에게 나름 큰 길이다. 촌지라는 것이 지금은 없어져 버린 낡은 풍습이지만 그날의 염소 촌지는 뇌물이 아니다. 오래 전 시골마을에서 초등학생 아들을 둔 한 아이의 아버지가 낸 정말 따뜻한 길이다. 없어진 풍습이라는 것은 더 합리적인 제도로 진화했다는 의미지만 그 촌지는 글귀대로 해

석하기 싫다. 작은 성의로 만들어졌지만 오랫동안 생각나는 포근한 길이라 그렇다. 사람간의 길은 하늘과 바다처럼 꼭 크게 내야 큰 길이 아니다. 작은 길이라도 큰 길이 있다.

할머니의 헌금

할머니 생신날 찾아갔더니
"예쁜 손자 보내 주셔서 감사합니다."
할머니는 교회로 가
헌금을 하셨다.

할머니 손을 잡고 신나게 놀았더니
"우리 손자 건강하게 커서 행복합니다."
할머니는 또
헌금을 하셨다.

이번 명절에는 청소하기 힘드실까 봐
아빠에게 이끌려 얼른 돌아왔더니
할머니는
헌금을 더 많이 하셨다.

"편하게 해주셔서 참말로 감사합니다!"

같은 마음

다쳐서 손을
쓰지 못하는 아버지.

그래도 아버지는
인혁이를 부르지 않으신다.

공부하는데
방해된다고.

인혁이는
아버지가
아들을 많이 불렀으면 좋겠다.

이불도 개고
물도 떠다 드리게.

세상에서 가장 행복한 집

전세도 물론이고
월세도 없대.

모두 각자 덩치에 딱 맞기만 하면 되는
1가구 1주택이래.

나무 위에 지은
새들의 집.

대목장의 각오

인간문화재 대목장이
100년을 자란 소나무를 베어
집을 짓고 있다.

100년간 무너지지 않는
집을 지어야지!

긍정의 힘

만 원과 오천 원은
만오천 원이지만

오천 원과 만 원은
오천만 원이다.

고구마를 산 이유

"들고 가기 힘들어서 그러는디 고구마 떨이하면 안 될까?"
할머니 말에 엄마가 걸음을 멈추었다.

"땅콩은 안 파셔요? 그거 사고 싶은데요."
엄마가 물어도
할머니는 계속 고구마 사라는 말씀만 하셨다.

"집에 가면 너무 늦어서 그래."
"우리 손자 배고프겠네."
"싸게 해 드릴 게."

엄마는 땅콩 대신 고구마를 샀다.
오늘 저녁은 고구마 밥이다.

가지치는 이유

할아버지가 매실나무 가지치기를 하고 계셨다.

—할아버지! 가지치기는 왜 하는 거예요?
—최대한 나무를 옆으로 키워 보는 거야.
—햇볕 때문인가요?
—매실을 볕이 키우는 것이거든.
—아하!
—겹친 가지를 시원하게 솎아 내려는 것이기도 해.
—바람 잘 통하게요?
—매실을 익히는 건 바람이란다.

설거지하는 아빠

처음 엄마가 고맙다고
감격하셨을 때

아빠,
설거지를 맹렬하게 하심.

알아서 하지 않는다고
엄마가 말하는 요즘

아빠,
설거지를 대충 대충 하심.

섬

학교에 가도
식당에 가도

떨어져 앉게 하고
마주보지
못하게 하고.

마스크는
필수!

말할 때도
필요한 말만
간단히,

코로나19가
사람과 사람 사이를
떨어지게 하더니

섬을 만든다.

재미있는
동시 이야기

다양한 시도(詩圖)를 통한 즐거움 맛보기

박상재 (문학평론가, 문학박사)

1. 프롤로그

백두현 시인이 첫 동시집 『내 친구 상어』(청개구리)를 상재한 지 6년 만에 두 번째 동시집 『엄마가 있지』를 선보인다. 『내 친구 상어』는 어린이의 심리나 상황이 작위성 없이 자연스럽게 펼쳐지며 그 과정에서 교훈도 잔잔하게 드러냈다는 평을 받았다. 이 동시집의 큰 특징은 어린이의 눈높이로 그림말(이모티콘)을 비롯하여 글자를 이미지로 활용했다는 점이다.

이번에 상재한 동시집 『엄마가 있지』의 키워드는 엄마와 아버지를 중심으로 한 가족 간의 끈끈한 사랑과 이웃 간의 따스한 정이다. 따스한 미소가 피어오르는 정감어린 동시 44편이 수록되어 있다. 이 동시집에 있는 시들의 소재는 아버지, 엄마, 할머니, 할아버지, 삼촌 같은 가족과 공동체인 이웃 사람들이다.

할머니를 소재로 한 작품은 「다른 한숨」, 「차를 센다」, 「할머니도 반찬투정을」, 「바뀐 걱정」, 「할머니의 핑계」, 「할머니의 헌금」, 「고구마를 산 이유」 등 7편이다. 엄마를 소재로 한 작품은 「격리 위반」, 「엄마가 있지」, 「분노의 쇼핑」, 「세상에서 제일 맛있는 반찬」, 「엄마의 변심」, 「피지 못한 마늘 꽃」, 「같지만 다른 생각」, 「내리사랑」 등 8편이다. 아버지를 소재로 한 작품은 「아버지의 겸손」, 「아낌없이 주는 나무」, 「바다낚시」, 「또 하나의 책상」, 「승호네 집 욕실 풍경」, 「같은 마음」, 「설거지하는 아빠」 등 7편이다. 할아버지를 소재로 한 작품은 「마음에도 없는 말」, 「그리운 할배」 등 2편, 삼촌을 소재로 한 작품은 「삼촌의 옷가게」, 「삼촌 최고!」 등 2편, 가족을 소재로 한 작품은 「가족의 힘」, 「살을 빼는 이유」, 「감나무 말놀이」 등 3편이다. 이렇게 가족을 소재로 한 동시가 전체 44편 중 29편으로, 66%의 비중을 차지한다.

2. 가족 간의 사랑

이 동시집의 프롤로그(첫머리 시)에 해당되는 「격리 위반」이나 에필로그(종결 부분)인 「섬」은 코로나 19가 창궐하던 시기의 이야기를 소재로 하고 있다. 코로나 바이러스는 사람이나 동물에서 호흡기 질환을 일으키는 바이러스로 감기를 일으키는 원인 바이러스 중 하나이다. 2003년 사스(중증 급성 호흡기 증후군)와 2015년 메르스(중동 호흡기 증후군)도 이 코로나 바이러스로 인한 것이었다.

그 어떤 코로나 바이러스보다 감염율과 치사율이 높았던 코로나

19로 인해 지구촌 사람들은 대부분 마스크를 상용하고 살았다. 나라 사이에 왕래를 자제할 수밖에 없어 전 세계의 모든 산업경제가 꽁꽁 얼어붙었다. 따라서 외출보다 집 안에서 생활하는 인구가 많아졌다.

백두현 시인의 시는 이러한 팬데믹 시대를 살아가면서 사람과 사람 사이의 관계를 돌아보는 인정과 유대감을 노래하고 있다. 특히 가족 간의 사랑이라는 인륜의 명제가 진하게 녹아 있다. 가족 간의 유대감은 서로를 위해 주고, 눈빛으로 통하는 이심전심의 마음이다. 가족끼리 잘하라고 보내는 눈빛 응원이다.

일곱 살 은지가
코로나19에 감염되었다.

출근하셔야 하는 아빠는
회사 기숙사에서 자고

오빠는
이모 집으로 갔다.

엄마만 남아
은지를 꼭 껴안고 잤다.

―「격리 위반」 전문

코로나 팬데믹 시대에 많은 집에서 흔히 겪었던 일상이다. 일곱

살 은지가 코로나19에 감염되자 온 가족에게 비상이 걸렸다. 아빠
는 회사 기숙사에서 자고, 오빠는 이모 집으로 가 스스로 격리 당
했다. 감염병 예방법에 의하면 격리 위반자는 1년 이하의 징역이나
1천만 원 이하의 벌금에 처해진다는 법규가 있다. 무서운 코로나에
걸리지 않기 위해 아빠와 오빠는 격리를 했지만 엄마는 감염을 각
오하고 은지를 꼭 껴안고 잔 것이다. 법보다 가족의 사랑과 인륜이
더욱 소중함을 묵시적으로 강조한 시이다.

　　응원 메시지를 보내려고
　　카카오톡 그룹 채팅방에 가족이 모두 모였다.

　　카톡!
　　아빠가 먼저 엿 사진을 보냈다.
　　─우리 딸, 시험에 척 붙어야 해!

　　카톡!
　　엄마는 포크 사진을 보냈다.
　　─잘 찍어!

　　카톡!
　　형아는 감 사진을 보냈다.
　　─누나, 감 잘 잡아!

　　나도 생각 끝에 곰 캐릭터를 보냈다.

—누나! 곰곰이 생각해서 잘 풀어!

수학능력시험 치르는 누나
분명 다섯 배는 더 점수 잘 나올 거다.

—「가족의 힘」 전문

웹을 기반으로 한 SNS는 연락과 소통 수단으로 각광을 받고 있다. SNS를 사용하지 않으면 섬처럼 고립되거나 외톨이가 되는 세상이 되었다. 학교 동창이나 동호인, 친구끼리, 가족이나 형제끼리 등 지연이나 학연, 혈연에 이르기까지 SNS는 생활의 필수 수단이 되었다. 이 시에 나오는 가족들도 단체 채팅방을 만들어 소식과 메시지를 공유하고 있다. 가족(家族)이란 부부를 중심으로 하여 그로부터 생겨난 아들, 딸, 손자, 손녀 등으로 구성된 집단을 일컫는다. 단독세대가 늘어나고 결혼을 해도 자녀 갖기를 원하지 않는 딩크족이 늘어남에 따라 가족의 의미가 퇴색되어 가고 있는 현실이다.

수학능력시험을 치르는 화자의 누나에게 가족들은 응원의 문자를 보낸다. 아빠, 엄마가 보낸 '엿'과 '포크'는 널리 알려져 식상할 수도 있지만, 형이 보낸 '감' 사진과 내가 보낸 '곰' 캐릭터는 클리셰에서 벗어나 재미를 준다.

민식이네 가족은
민식이만 빼고
모두
집 앞 헬스클럽에 다닌다.

벌써 석 달째지만
하루도 빠지는 사람이 없다.

지나가던 이웃들이
예뻐지려다 몸 상한다며
쉬엄쉬엄 하라지만
못들은 척 온 식구가
경쟁적으로 운동을 한다.

각자 최대한 살을 더 많이 뺀 후
간이 아픈
민식이 아버지에게
서로 먼저
이식 수술을 해 주고 싶어서.

─「살을 빼는 이유」전문

　　민식이네 가족이 헬스장에 다니며 살을 빼는 이유는 아버지에게
간 이식 수술을 해 주기 위해서이다. 간 이식을 하려면 개복 수술
을 해야 하는데, 살집이 많으면 곤란하기 때문이다. 속내를 모르는
이웃들은 날씬해지려고 빼는 줄 안다. 그러나 가족들이 경쟁적으
로 실을 빼는 이유가 자신의 소중한 간을 떼어 주기 위해서라니 눈
물겨운 이야기이다. 가족의 사랑이 진하게 배어 나오는 시가 아닐
수 없다.

학원에 다니지 않아도

공부 잘하는

희철이 형

과외 받는 줄 알았더니

대학교수이신 아버지

희철이 형 공부할 때마다

옆에서 같이

책을 읽으신다.

―「또 하나의 책상」 일부

　　백 시인의 동시에는 가르침이 녹아 있다. 그 교훈은 겉으로는 드
러나지 않지만 내재되어 있어 응집력이 강하다. 옆집 희철이 형은
학원에 다니지도 않는데 공부를 잘한다. 그 비법이라면 방에 책상
이 두 개라는 것뿐이다. 「또 하나의 책상」은 반전과 함께 교훈적 요
소도 깃든 동시이다. 학원을 다니지 않는다면 집에서 과외를 받을
것으로 추측된다. 방에 책상이 두 개이기 때문에 그 추측은 틀림없
을 것이다. 하지만 반전의 묘미가 숨어 있다. 대학교수인 아버지가
형이 공부할 때마다 옆에서 같이 책을 읽기 때문이다. 희철이 형의
아버지는 잔소리 대신 본을 보이고 있다. '웅변은 은이요, 침묵은
금이다'라는 말이 있다. 영국의 비평가 토머스 칼라일이 남긴 말이
다. 아버지가 침묵하며 보이는 본은 잔소리보다 더 효과가 있는 것

이다.

> 갈수록 말라 고목이 되어 가는
> 고로쇠나무를 바라보며
>
> —아무래도 고로쇠 수액을 너무 많이 뽑아낸 것 같아!
>
> 미안해하는 아빠의 뒷모습이
> 고로쇠나무를 똑 닮았다.
>
> —「아낌없이 주는 나무」 전문

「아낌없이 주는 나무」는 1964년에 미국의 작가 쉘 실버스타인이 발표한 그림책 제목과 동일하다. 실버스타인의 그림동화는 꾸며낸 픽션이지만, 이 동시는 팩트에 가까워 감동을 준다. 고로쇠나무는 단풍나무과에 속하는 나무로 이른 봄에 수액을 뽑아 마신다. 미네 랄과 칼륨, 마그네슘이 들어 있어 건강에 좋다고 소문이 났기 때문 이다. 화자의 아버지는 고로쇠나무에게 수액을 많이 뽑아낸 것을 미안해한다. 정작 그런 아버지의 마른 모습이 갈수록 고목이 되어 가는 고로쇠나무를 닮았다고 화자는 마음 아파한다.

3. 발견하는 기쁨

> 가족 여행 가면서

고속도로에서 차가 밀릴 때

만난 자동차 번호는

나

너

너

나

마치 싸우는 번호 많았는데

도착한 바닷가에는

하

하

허

허

들떠 웃는 번호가 많았다.

오고 가는 차량 번호판에게

루

루

라

라

내 마음 들켰나 보다.

—「들킨 마음」 전문

가족 여행은 흔히 공휴일이나 휴가철에 많이 떠나기 마련이다.

98

잔뜩 들뜬 마음으로 차를 타고 고속도로에 들어서면 길이 막혀 저속도로가 되기 마련이다. 차량이 밀리니 자연히 꽁무니의 차량 번호로 눈길이 간다. '나 너 너 나' 이런 말들은 다투거나 언성을 높일 때 쓰는 말들이다. 차가 막혀 짜증이 나니 신경이 예민해진다. 사소한 일에 화를 내기도 하고 분풀이도 한다. "나는 누구인데, 너 말 다했어?" 이런 식으로 함부로 소리를 지르기도 한다. 고생 끝에 도착하여 자연을 벗 삼게 되면 예민하던 마음이 풀어지고 '하하 허허' 웃음이 넘치게 마련이다. 오고 가는 차량 번호들도 '루루 라라' 노랫말 글씨만 눈에 띤다. 시인은 탐험가의 눈을 가지고 있어야 한다. 이미 존재하고 있지만 남이 미처 보지 못한 새로운 것을 발견해야 한다.

철조망 때문에
나뉘어 사는 나무들.

— 「휴전선」 앞 부분

「휴전선」은 발상이 기발하다. 이 작품은 그림말(이모티콘)을 활용하여 시각적 이미지를 극대화시키고 있다. 설명적인 말 대신에 시각적인 그림말을 사용했다. 휴전선 철조망을 사이에 두고 남과 북의 나무들이 나뉘어 서 있다. 눈이 내려 쌓이면 모든 것이 감춰진다. 눈이 내리자 철조망도 사라지고 Y자 모양의 나무들도 기둥 부분은 눈이 쌓여 보이지 않는다. Y자 모양이었던 나무들은 V자 모양으로 바뀌었다. V는 승리라는 뜻도 함의하고 있다. 눈이 많이 내려 휴전선을 사라지게 하고 나무들은 승리의 만세를 부르고 있다.

인간들은 철망을 쳐 놓고 서로 왕래하지 못하게 하면서 마음의 벽을 허물지 못하지만, 자연은 V자의 수신호로 인간들의 어리석음을 질타하는 것이다. 이 동시는 짧지만 울림이 크다. 평화 사상과 통일 의지까지 함의한 그림 동시인 것이다.

4. 언어유희의 즐거움

백 시인의 동시에는 언어유희(言語遊戱)를 동반한 작품도 있다. 언어유희란 말이나 문자를 소재로 하는 유희를 말하는데, 말장난 또는 말재롱이라고도 부른다. 언어유희는 동음이의어를 이용하는 경우, 비슷한 발음의 단어를 연속하여 각운을 맞추는 경우, 도치법으로 문장의 앞뒤를 바꾸는 경우, 어울리지 않는 단어를 조합하여 새로운 말을 만들어내는 경우 등이 있다. 말놀이는 그 재미성 때문에 어린이 독자들의 언어발달에도 도움이 된다.

대문 옆에 있는
감나무를 보며
말놀이하는 우리 가족.

시험 보러 가는 누나는
―오늘 시험
  감 잘 잡아야지.

학교 가는 나를 배웅하는 엄마는
―감기 조심해!

경로당 가는 할머니는
―나이 들수록
　감이 떨어진단 말이야.

마지막으로 아버지는
―올 해 따는 감은
　곶감으로 만들어야겠어.

―「감나무 말놀이」 전문

이 동시는 그야말로 말놀이의 향연이다. 혹자는 동시에서 언어
유희를 달갑지 않게 생각하기도 한다. 유희란 즐겁게 놀며 장난하
는 것을 말한다. 이는 언어유희의 순기능을 모르고 하는 편협된 시
각이다. 어린이들에게는 정서교육과 신체 단련을 위하여 재미있게
활동하는 유희가 반드시 필요하다. 언어유희는 언어를 통해 재미
를 느끼게 하는 것으로 말놀이가 대표적인 예이다. 어린이들은 생
리적으로 놀이를 좋아하고 놀면서 자라는 존재이다. 시에 나타난
언어유희를 통해 언어 체득에 흥미를 느끼게 하고, 어휘력을 늘리
는 데도 도움이 된다.
　화자의 대문 옆에는 감나무가 있다. 가족들은 감나무를 보며 말
놀이를 즐긴다. 시험을 보는 누나는 감을 잘 잡아야 한다 하고, 엄
마는 학교 가는 화자를 배웅하며 감기를 걱정한다. 경로당 가는 할

머니는 나이 들수록 감이 떨어진다고 하소연하고, 아버지는 곶감 만들 생각을 한다. 이렇게 감나무에 대한 느낌은 다채롭지만 가족들의 다양한 생각은 모두 웃음을 자아낸다.

아빠와 바다낚시를 갔다.

아빠 낚시대에
커다란 숭어가 잡혔다.

마음씨 좋은 바다가
받아! 하고 내주었다.

내 낚시대에도
우럭이 잡혔다.

받아! 하고
우럭도 내주었다.

—「바다낚시」 전문

「바다낚시」 또한 언어유희를 표방하여 미소를 짓게 하는 시이다. 화자는 아빠와 바다로 낚시를 갔다. 아빠는 낚시로 커다란 숭어를 잡고, 나는 우럭을 잡는다. 이 시의 묘미는 바다가 고기를 내어 줄 때 "마음씨 좋은 바다가/받아! 하고 내주었다."라고 한 언어유희이다. 언어유희인 말놀이는 이렇게 독자들에게 읽는 즐거움을 준다.

판타지 동화의 고전인 「이상한 나라의 엘리스」에도 이러한 언어유희를 많이 품고 있어 읽는 즐거움을 준다.

5. 이야기가 담긴 동화시

선생님이 산동네 영식이네 집에 가정방문을 갔다. 염소 울음소리가 마중 나오는 영식이네 집.

—「촌지」 앞부분

요즘 대통령 부인이 받은 명품 백 선물을 두고 뇌물이다 아니다 의견이 분분하다. 이 동시는 80년대 이전 시골학교의 연례행사였던 가정방문을 소재로 쓴 작품이다. 이야기가 담겨 있는 작품이므로 동화시로 분류할 수 있다. 선생님이 영식이네 집에 가정방문을 했는데 구차한 영식이네는 마땅히 대접할 것이 없다. 영식이 아버지는 담임선생에게 염소가 새끼를 많이 낳았다며 한 마리를 건넨다.

선생님이 한사코 사양하고 돌아가자 이튿날, 영식이 아버지는 염소를 끌고 와서 교실 앞 국기 게양대에 매어 놓고 간다. 선생님은 고민 끝에 반 아이들과 같이 염소를 키우는데, 이듬해 봄부터, 염소는 새끼를 낳았고 영식이네 반 친구들은 한 명도 빠짐없이 중학교에 갔다는 전설 같은 이야기이다. 이 시는 촌지로 받은 염소를 선생님이 아이들과 함께 키워, 반 아이들을 모두 중학교에 진학시키는 데 썼다는 반전이 있어 재미있고 감동도 준다.

오늘날 학부모가 교사에게 염소 한 마리를 선물했다면 이른바

'김영란법'에 의해 처벌이 불가피할 것이다. 오늘날의 '촌지'는 뇌물에 해당된다. 촌지란 '마디 촌(寸)'과 '뜻 지(志)'로 이루어진 일본식 한자어이다. 직역하면 '손가락 한 마디만 한 뜻'이 되는데, 달리 말하면 '아주 작은 정성, 혹은 마음의 표시'라는 뜻이지만, 대개는 '뇌물'의 성격을 띤 금품을 말한다.

> "들고 가기 힘들어서 그러는디 고구마 떨이하면 안 될까?"
> 할머니 말에 엄마가 걸음을 멈추었다.

> "땅콩은 안 파셔요? 그거 사고 싶은데요."
> 엄마가 물어도
> 할머니는 계속 고구마 사라는 말씀만 하셨다.

> "집에 가면 너무 늦어서 그래"
> "우리 손자 배고프겠네."
> "싸게 해 드릴 게."

— 「고구마를 산 이유」 부분

길거리에서 고구마를 파는 할머니에게 땅콩을 사고 싶은 엄마가 땅콩은 안 파냐고 묻는다. 엄마의 질문은 아랑곳하지 않고 할머니는 떨이를 하고 집에 가려는 욕심으로 고구마만 사라고 조른다. 인정 많은 엄마는 결국 땅콩 대신 고구마를 사고 만다. 너무 늦어서 "우리 손자 배고프겠네."라는 말 때문에 어머니의 여린 마음을 무너뜨린 것이다. "오늘 저녁은 고구마 밥이다."라는 화자의 군더더기 없는 독백은 이 동화시의 격조를 높이고 있다.

6. 에필로그

학교에 가도
식당에 가도

떨어져 앉게 하고
마주보지
못하게 하고.

마스크는
필수!

말할 때도
필요한 말만
간단히.

코로나19가
사람과 사람 사이를
떨어지게 하더니
섬을 만든다.

―「섬」

이 시집의 마지막을 장식하고 있는 「섬」에는 코로나 팬데믹 시대의 답답했던 상황이 적나라하게 그려져 있다. 지금은 엔데믹이 되어 이런 현상이 사라졌지만, 그 시절 아이들은 잠잘 때만 빼고 하루 종일 마스크를 쓰고 지내야 했다. 아이들뿐 아니라 전 세계 인류가 답답하고 부자유스럽지만, 팬데믹 극복을 위해 인내하며 살았다. 팬데믹은 인류에게 묵시적인 교훈도 강하게 남겼다. 마음대로 왕래하고 소통하며 지낼 수 있는 자유의 소중함을 각인시켜 준 것이다.

이 시집에는 가족과 이웃 간의 사랑이라는 주제가 근간이 되고 있다. 이야기가 들어 있는 동화시도 있고, 언어유희를 통해 읽는 즐거움을 맛보는 작품들도 있다. 또한 첫 동시집에서 선보였던 그림말(이모티콘)을 통한 시각적 이미지를 각인시킨 작품들도 있다. 이렇게 다양한 시도(詩圖)를 통해 독자들은 팬데믹 시대의 고립된 섬의 이미지에서 벗어날 수 있을 것이다. 이 동시집을 읽는 독자들은 고립된 섬이 아니라 다양한 노래와 반주가 있는 『엄마가 있지』를 통해 가족 간의 사랑과 이웃 간의 정을 듬뿍 느낄 것이다.

시 읽는 어린이